"Lebenskunst ist die Kunst des richtigen Weglassens."

Gabrielle Bonheur Cha s nel

Impressum

© 2007

High Way Pro Ducks

ISBN 978 - 3 - 8370 - 0133 - 4

Herstellung und Verlag:

Books on Demand GmbH, Norderstedt

Das waren die Pflichtangaben. Nun zum Recht.

Die Deutsche Nationalbibliothek verzeichnet diese

Publikation in der Deutschen Nationalbibliografie.

Für meinen Papst.

Und dem Glücke.

"Das Organ als Leben"

dachte

Ruth Grünwald

Die Mitmachseite für eBook - Leser.

Lasst, zum Fassen, die Augen in die Ferne
schweifen.

Präambel

Wieso Und Unterwegs

Das Ganze Ist

Freude Denken

Schenken Lassen

Wollen Gönnen

Männer dürfen sich in eine uni Form zwingen, für Frauen ist immer Karneval.

Nach der Arbeit geht der Nehmer in die Kneipe und gibt sich einen.

Aufgeräumt ist schlimmer als versteckt.

Essen Pferde Äpfel, ist die Nase
am Loch.

Löffelt man die Suppe aus, sind
Mitesser willkommen.

Blenden die Spähne, lässt der Bie-
ber sich schleifen.

Solange die Pappe qualmt, ist die
Tüte nicht Tod.

Für die

"Operation dauerhafte Freiheit"

geben wir

Leben und Tod

Neben

Geldbergen

Zum Kaputtma-

chen

Mit einer schmahlen Mark

Für das Spiel am Platz

Bei Angst und Demoralisierung
ist das Selbst am Steuer.

Im Urlaub fährt die Debitkarte
das Auto zum Hotel.

Die Kreditwürdigkeit pflegt Soll
und Schein.

Zustand bedingt Lage.

Den

gemeinsamen

Weg

schreitet jeder

selbst.

Gib Dich

Hin!

nicht her.

Democracy bye
The United States of America

Father

Son

End

Holy Ghost

Continuity

Is

Conceptional

Your

What ?

How to save the Planet Earth

?

What being causes harm ?

Who named human beings homo sapiens ?

A wise woman ?

Ok,   go.

With

Nature!

Sie haben nicht ernsthaft versucht eine der Lösungen zu finden. Sie hätten auch fragen können.

Freunde gönnen Glück.

Gänse, die gestopft werden, haben Verstopfung.

Das Brett ist der Puffer zwischen Wand und Hirn.

Lügen regt das Gewissen an.

Lügen nötigen zur Erinnerung.

Flaschen leeren das Meer.

Das Belegungssofa

Err will

Si

b r a u c h t

SSSSSSSSSSS

Gut versteckt *ist*

halb

verloren.

Einer mag so manches sein

Schuh

Auto

Frau

Hose   Selbst

Frisur

Uhr   Lehrer

Hemd

Traum   Freund

Nase

Haus

Boot

Buch

Wird es kalt ziehen sich Frauen
Frotteestrings unter Polappen.

Wer darf ein eigenes Land

gründen?
Oder nicht mehr?

Wer leiht dem Staat Geld?

Ein Mensch, der sich nicht fortpflanzt ist ein guter Mensch.

Das Universum ist ein Organ, die Erde ein Teil vom Ganzem.

Achte die Natürlichkeit der Flüsse.

Die Leichtigkeit
des Seins
verinnerlicht
Schwerelosigkeit.

Mit Ejakulation kann Organsmus kommen.

Humanisierte Liebe ist Angst.

Rettet die Samen der Natur.

Gottes Sohn hat aus Wasser Wein gemacht; und das bei dem Vorbild.

Der Habenichts glaubt, die zu wählen, die denen, die etwas haben, das etwas wegnehmen.

Flüssigkeit hängt fair an fügbaren Rahmeen

Geldmenge steigt rasant, Inflation bleibt konstant.

Isch bi liba boligam als lott.

Unterzahl drängt weissen Mann
zur Untat.

Zeige mir den Stör
im Fried.

Heilen ist Freundschaft
teilen.

Gewerbeweiberahnen

Männer halten zu Frauen, die was schaffen. Das Los zieht er am Ende für sie ab.

Weib darf immer rein, doch raus gehts nimmer. Der Morgen ist schon bestellt.

Sie zahlt, die Ware.

Gewerbeweiberahnen

Sind Stuten nicht mehr bereitbar,
verwurstet sie der Metzger! –
Wie ? Noch nie snuff gemacht ?
Was ? Das musste ausprobieren!

Nur ein Mahl, kommen kannst Du
auch dabei.

Gewerbeweiberahnen

Wer sich auf einen Strich legt,
bleibt kleben.

Auch Nymphen kommen nicht in
Glück.

Aus freiem Willen geht sie über
Linien zum Strich.

Gewerbeweiberahnen

Tut es weh, bedenke: Einer erfreut
sich an Dir.

In der Wanne, eine Wonne, läuft
ohne Stöpsel die laue Laake, aus.
Sie bleibt leer, aber mit Flecken,
immerhin, kunter und bunt…
Miau.

Gewerbeweiberahnen

Stuten sehen gerne hinter Fenstern
Reiter nahen.

Kakao- und kaukasische Fohlen
lassen sich an der Leine reiten.

Reiter kennen den Stall,
einen Riegel und lassen mit Sporen
zügeln.

Einreiter werden ausführt.

Gewerbeweiberahnen

Bilde Dir nicht ein, Du wärst in
dieser Gesellschaft etwas.

Am Ende macht der Wirt den
Strich und die Rechnung.
So oder oh!

Gewerbeweiberahnen

Mit Glauben hat das nix zu tun.
Auch nicht mit Bestimmung. Ehe
sie, mit Wahl zur Qual.

Ein Puff hat eine Mutter, viele
Münder und einen Meister.
Sie nennen es Darvin,
und ißt männlich.

Gewerbeweiberahnen

Alle sind freundlich und gehen zu ihren Taten.

Wer zu Dir hält, hält Dich fester.

Ketten, wie geschenkt, schmücken und drücken. Nicht nur die Kosten.

Gewerbeweiberahnen

Es gibt freiheitliche
Bedenken im bewilligtem Zwang.

Auf dem Strich hängt der Arsch
am Faden.

Gewerbeweiberahnen

Sie zieht die Nase voll, um an den
Drücker zu kommen.

Verschenke nicht deine Freiheit.
Du hast nur eine.

Ein Leben auf Ratenzahlung.

Gewerbeweiberahnen

Das Schöne ist, Du machst, was
Du willst.

Stuten werden mit Ängsten
bestiegen.

Stuten brauchen Zügel, um das
Ziel zu spühren.

Gewerbeweiberahnen

Sind sie erst eingeritten, reiten
Stuten von alleine.

In der hohlen Hand haben sich
schon manche freier gemacht.

Gewerbeweiberahnen

Kinder

Männchen

Sacht dat Schakeline noilisch zum Jehniefair, wea ett nisch jail ein Fach ma mid nemm Fremdn zu figgn. Nua so, fonwejen Noi, Gia is Jail. Unso. Wi nimmtah misch? Aba wi wiaze so jefiggd dat dat och so iss wi, als op de in escht be-nudz wiass? Ein Fach ma je-nomhe weade? - Och, neint dat Jehniefair, dat is janz ainfach, da kriechste auch, und Jelt tutet da auch. Ja. Jelt gibts da auch. Ei-gentlich. Ja, aba figgen kannze da jud, eh.

Da krichze allez üba all rauf un
rein raus mit Ahplaus. Schätzchen,
na wi weas? Ey, da kannze! und
willze au eras ma ahn drügga sein,
danh schaffse wat. Un mansch ma
mea. Sach Isch Dia. Ealisch.

Iß wa.

Di sinn auch foll ned. Passn auf dish auf un wissn wanh de wo biss. Unso. Macht ja sonz auch keina mea hoid zu taje. Kannze ma sen wat di all so baim haltn gönnen. Ach ja, un Bet mid Glo is auch noch da bye. Ey, da weaze jah blöt, wennze nisch sofoad mid-kähmz.

Oda nisch ? ...

Na sihste! Jet doch.

Komm Schätzchen, hia jeds lang... Wat!?!...Iss nich so schlimm dat kriechste da, auch.

Gia is jail!

Bei der wirtschaftlichen Lage, sollten Genetiker das Fellgen der Menschen reaktivieren. Das kommt am Ende im Affekt billiger. Fairer zählt ja das werte Innere.

Es war einmal

ein grüner Planet,

Zum Wohle

organisiert. Auf einmal

machte Mensch mächtig

Dampf.

Sind sie gestorben, geht es

richtig weiter. Und das

dauert nicht mehr lang.

Ego Ist

Selbst

Andere

Sein

Lassen

Intersexsociety

Homosexual	E.T.	
Transsexual	E.T.	
Metrosexual	E.T.	
Heterosexual		2
Retrosexual		Hug
Ecosexual		4
Technosexual	E.T.	
Intersexual	E.T.	
Bisexual	E.T.	
Pornosexual	E.T.	
Gendering	E.T.	

Wird Freiheit durch Krieg erzwungen, fühlen sich Hunde an der Leine frei.

Die Queen bittet knieend in der City um den Schlüssel zur Welt.

Die Schöpfung des Künstlers ist die Arbeit; das Werk beschreiben andere.

Manche meinen:

Christentum

Islam

Judentum

haben

ähnliche

Sprecher

Gabriel schenkte Abraham

einen

schwarzen

Stein.

Nun wuseln andere herum.

Drohge

Psychotropikum

SEELE

Richtung

Ob nun

Das Haustier,

Der Liebhaber,

Oder

Der Hunger

Die Einsamkeit

Ißt, Selbst

Bleibt

Alleine.

Stoff

Morphin Oxycodon Fentanyl Methadon
Methylphenidat (Ritalin) Modafinil
Kokain Barbiturate Zucker

Sex

Hunger

Morgen

Bewegung kennt jeder
Organismus, manche
ahnen wie wohin.

Wieso

Weshalb

Warum

Weiss

Keiner.

Einer

Wer sich selbst das Leben strickt,
braucht keine Maschen.

Wesen haben ein Verhältnis zum Anderen.

Ist das Gras trocken, werden Kühe feucht.

Das Leben zeichnet, Zeit graviert.

Stell Dir vor, es gibt Fernsehen,
und einer glotzt.

Risum teneatis, amici?

Irgendwie ist es schon komisch, wie männlich emanzipierte Frauen wirken wollen.

Die Kimme kann eine Scheide sein.

Ein Proll ist im Soll.

Weisse leben von Anderen.

Mit Feingefühl fingert die grobe Hand.

Zählte Wille, könnte jeder Kopfrechnen.

Naja, das hätte Sie ja auch nicht machen müssen.

Hüte den Braten vor der Röhre.

Ordner machen mit Sicherheit die Licht aus.

Wurzeln hängen im Schatten des Baumes am Stamm.

Drogen frei für Sportler.
Wir wollen Rekorde purzeln sehen.

Unus ignis quis vir multum ab audere et clamavit ex oh meum impedire. jasowah

Das Neuste aus Das Schild:

"Kinder lernen mit 6 Jahren das Lügen."

Viele Kinder werden schon früher beliebt.

Lernen durch Aufnahme.

Für die Lücken stellen sich Kinder Bilder vor.

Esel hecken mit Rindern während
Säue in sich hinein fressen.

Der Luchs führt die Saat in den
Untergrund ein.

Hier wachsen faire Sinne.

Ragen Köpfe aus der Erde,
werden sie geerntet, wie Licht das
den Tag anbringen könnte.

So bleibt es, Nacht.

Mit lahmen Bein pinkelt es sich leichter in Flaschen.

Jeder Buchstabe möchte Schreibstil sein.

Im Urlaub auf Sardinien liegen Rohre am Strand.

Trinken ist die halbe Miete.

Für gewöhnlich ist der gemeine Mensch ordinär.

Mensch ist flüssig.

Die genetische Ähnlichkeit
von Hund, Katze und Mensch
ist verblüffend.

Menschen entscheiden zwischen der
sozialen Lüge, der Notlüge und der
gemeinen Lüge.

Strassen sind sauberer als
Menschen rein.

Der Beisitzer ist ein Persilschein.

Herr Alf aus Schuh ist schwul.

Schützt Kinder vor gerne mahnenden Schulen.

Unabhängig dessen, was die Scheiss soll, der Haufen stinkt.

Der Aschenbecher kann auch Automat sein.

Das Früchtchen wird durch wachsen steifer.

Piraten haben das Oberhaus gekarpert.

Buch adelt ohne Inhalt.

Ieh ! Buchleser! Fasst Euch an die Nase, Ihr könnte wieder aufs Blatt schauen.

NSDAP
o
z
ieh

SED
o
z
ieh

PDS
o
z
ieh

LINK
eh

1. Mai, Kreuzberg 36

Tausende getackerte

Organe mit heller Farbe

Masse getätatuten

Organe mit heller Farbe

Haufen verfilzte

Organe mit heller Farbe

Einige adrette

Organe mit dunklerer Farbe.

Komm zum Anfang, auf den Boden.

Der König muss sich zur Krönung beugen.

Der Stift darf schreiben, was sein Chef denkt.

In der Kneipe ist Wasser eine Notdurft.

Früher

Ein Haus wurde für die Ewigkeit gebaut.

Die Komode ebenso.

Tomate, Apfel und Zwiebel wurden am Geschmack unterschieden.

Heute

Ach komm, hör doch auf !

Mit Wissen ohne Not

Vormachen

Nachsagen

Unterstellen

Vorgeben

Flunkern

Verkohlen

Verkackeiern

Aufziehen

Veräppeln

Schwindeln

Auf die Schippe nehmen

Zum Besten haben

Hinter das Licht führen

Was könnten Lehrer kennen?

Dat ain ma Ainz

Dea Ahbezeh

Dih Duck Tiggs

Dehn Fächa

Ain Mögenphühla

Noie Gia

Jahjah, so ist das im Leben;
es spielt einfach mal mit.

Neid ärgert den Neider;
nicht den Beneideten.

Der kleine Mann tritt mit einem Ständer
auf die Bühne.

Traumatisierung multipliziert
Persönlichkeit.

Du bist eine Bank.

Sie ist eine Bank.

Ich bin eine Bank.

Er ist eine Bank.

Eine Bank ist keine Bank.

Eine Bank gehört mir.

Schlammige schlappe Schlampen
verschlampen Schlappen.

1 Spiegel hat

2 Dimensionen.

Schriften simulieren Wille.

Propheten sind freundlich

zu Fremden.

Slaven lassen Obolen fliessen.

Nüchtern ist das Selbst sicher.

Verfasst ein Forscher ein neuwertiges Buch, so darf er das Leben als Doktor heilen.

Auf Wagenplätzen wird gebaut.

Haben Asiaten wenig, kaufen sie viel; nun haben sie viel.

Ist die Heizung auch aus, verdunstet die Flüssigkeit im Röhrchen fröhlich weiter.

Regen ist Wasser von oben.

Hilfe hat, wer welche gibt.

Städte dürfen sich frei von Autos machen.

Freunde sind gerne Bekannte. Bekannte sind manchmal Freunde.

Mögen macht möglich.

Frei ist Frau fein raus.

Jeder darf die Leiter steigen, ohne sich auf die Schippe zu nehmen.

Wer redet, braucht nichts sagen.

Lügen versprechen sich.

Wer möchte, der kann noch lange nicht wollen.

Zahlen sagen nichts ohne Text.

Faul ist der, der glaubt, dass Geld nicht glücklich macht.

Verstehst Du Dich?

Du bist ein Freund

von Dir.

Ja.

Und Du bist.

Ein Schwein.

Du Hund! Du treuer!

Eliten des 21. Jhds.

Poly Korreliert

Massen Stümpfe

Mittleres Gelabere

Sinnliche Fekalien

Faire Türen

Pappirr Gaudi

Feiner Suht

Wir orientieren unseren Magneten nach einem Kompass.

Durch schneiden teilen sich die Mittel der Massen.

Schulden sind ein dickes Fell.

Die Verwaltung ist eine Organisation, sie braucht keine Mafia.

Liebe ist das Metronom des Lebens.

Muggemaachnisapjefan.

Aussprache verleiht Gedanken Gewicht.

Tinte bleibt am Füller kleben.

Tanzen ist Pflicht oder Vorspiel.

Kleine wachsen schneller.

Amtlich ist Wille Kür.

Jedes Kind braucht ein Mobiltelephon und eine Debitkarte.

Aufschnitt ist weder bio, noch human.

Zigarettenqualm dämpft Gefühle.

Ameisen schufften für das Eine.

Geburt entscheidet über Visa.

Angst sperrt die ein, die fliehen wollen.

Für die freie Entfaltung von Informationen, richten sich Dienste nach Vorgaben.

Ohne Angel sind Sachsen friedlich.

Telegenetik ist die Losung.

Engelszungen würden gerne brüllen können.

Der Nigeria Express fährt durch den Orient.

Wann sind wir denn endlich dah ? Schon lange !

Eben ist Jetzt gleich.

Enge Räume ziehen Menschen an.

Aus Ost und Süd stammt frisches Fleisch.

Afrikaner leben auf dem Boden, den sie schätzen.

Pappa und Mamma ist out.

Die Alten wider in.

Sicherheit schafft Arbeit an alle Plätzen.

Juhu, bald haben wir es endlich geschaft: das Meer ist leer. Eine Sorge weniger.

Ein gezüchtigter Fisch wird nicht mehr krank.

Sprotten tragen Schuld am Kabeljaumangel.

Worte schimpfen aus Verlegenheit.

Frauen wollen auf Männer
schauen.

Steht sie, bockt er.

Zärtlich kann Mann auch mal sein.

Es lebt das Biogenom.

Wie kann sich nur die Blöße geben so ein Zeuch zu
schreiben ?

In den Augen zeigt sich Liebe.

Nahe Probleme lösen sich durch Ferne.

Im Stand staut sich das Land wie eine Ziehharmonika.

In Abständen fließen Freier

Sex ist der Trumpf der Leute.

eigentlich eigentlich eigentlich

Gläserne Abgeordnete sitzen im Elfenbeinturm.

Der Bann ist gebrochen:
der Berg rutscht.

Der Abstand bedingt das Ziel.

Das Flugticket kostet einen Cent,
die Rechnung verweist auf 5000.

Ein Arzt, der verschreibt, bleibt.

Ein Schlüsselbund schmückt.

Will sie Liebe machen, kann sie nicht kommen.

Dosen sind trocken bevor man sie öffnet.

Phopien sind der letzte Schrei.

Ein Kern ist, Hüllen ist er ein Stein.

Versicherungen von Arbeitern sind Lose.

Gemeinschaftsarbeit hilft Rentnern.

Junge hängen am Trichter.

Das Gerede wird kalt gestellt.

Fraktionen zwingen Abgeordnete sich durch Wissen zu richten.

Investigative Journalisten leben noch.

Grüner Punkt macht sich bezahlt.

Findet ein Bauerr in Köln Antikes, mischt er Zement.

Toiletten sind die besseren Bahnhöfe, hier verkehrt reges Treiben und Züge fahren immer ab.

Der Drang zum Ausscheiden stört die Ruhe.

Wurzeln wachsen in alle Rich-tungen.

Mit Recht kann sich die Pfllicht vergessen.

Grünes findet seinen Weg.

Es gibt Tiere mit Scheissangst.

Harte Stühle quälen den Po.

Rechner wollen nicht abstürzen.

In der Ritze sind Hamburger Barzahler.

Dängd Äana anh sisch ?

Jaanee, da kommen wir ja wohin.

Haben kostet.

Selbst Sein ist Sicherheit.

Handy, Chatroom und Forum sind eigene Sprachräume.

Die Möchtegerns

Die gerne Mahnende

Die gerne ma Noiden

Die gern ma Philen

Die gern mal Oziden

Die gährend Mahnischen

Buchgeld sind Ziffern mit Folgen.

Kaffee darf stark machen.

Vor der Kasse werden
Kinder an Tabak, Alkohol
und Zucker vorbeigeführt.

Das Nest ist human versaut.

Auch als Gast mache ich Dreck.

Bellen reicht.

Schweine haben Angst vor Hunden.

Wer keinen hat, streitet nicht über Geschmack.

Vollends Tollends.

Wer was weiss, soll es sagen.

Die Börse ist ein Casino; die Bank gewinnt.

Frauen wollen angebummst werden, um Halt zu finden.

Dienste zum Nachrichten können stärker pressen.

Tiere freuen sich an ihrer Natur.

Man verhält sich so, wie es das Umfeld gestattet.

Wahrhaftigkeit ist lebendig.

Korrektur findet nicht Staat.